KB123087

나는 예민한 나를 사랑한다

# 나는 예민한 나를 사랑한다

나겨울 지음

나는
예민한 나를
사랑한다

**1쇄 발행** 2024년 2월 27일

**지은이** 나겨울
**펴낸이** 조일동
**펴낸곳** 드레북스

**출판등록** 제2023-000148호
**주소** 경기도 파주시 탄현면 헤이리마을길 93-144, 2층
**전화** 031-944-0554
**팩스** 031-944-0552
**이메일** drebooks@naver.com

**인쇄** 프린탑
**배본** 최강물류

ISBN 979-11-986122-3-6 03810

- 이 책은 저작권법에 따라 보호받는 저작물이므로
  무단 전재와 무단 복제를 금지하며,
  이 책의 전부 또는 일부를 이용하려면
  저작권자와 드레북스의 동의를 받아야 합니다.
- 책값은 뒤표지에 있습니다.
- 잘못된 책은 구입하신 서점에서 바꿔 드립니다.

인격적으로 점잖은 무게 '드레'
드레북스는 가치를 존중하고 책의 품격을 생각합니다

# 들어가는 말

이 책은 출판사에서 지어준 '나는 예민한 나를 사랑한다' 라는 문장 하나로 쓰기 시작했다. 그런데 글을 쓰면서 '나는 정말 진심으로 예민한 나를 사랑하는가?' 라는 물음에 대답할 수 없었다. 처음에는 다듬어지지 않은 나의 예민함이 삶을 방해하던 수많은 순간이 떠올랐기 때문이다. 하지만 다 쓰고 나서 그동안 예민한 나를 충분히 사랑하고 있었다는 사실을 알 수 있었다. 역시 매번 한 권의 책을 완성하면서 얻는 깨달음이 참 많다.

이 책을 펼쳐 읽고 있다면, 예민한 자신을 싫다고 생각하는지, 어느 정도 좋다고 생각하는지, 예민한 자신을 사랑한다고 말할 수 있는 단계인가? 설령 자신도 모른다고 해도, 혹은 싫어하는 단계라고 해도 괜찮다. 이 책을 다 읽고 나면 어느 단계인지 알게 될 뿐 아니라 예민한 자신을 알게 모르게 사랑하고 있었다는 사실을 깨달을 테니까. 이 책이 그런 역할을 해주었으면 하는 바람으로 내 이야기와 더불어 되짚어볼 내용들을 담았다.

그 과정에서 여러 분과 인터뷰를 했다. 밤낮을 가리지 않고 도착하는 메일을 받아 읽으며 작업에 큰 도움을 받았다. 선뜻 인터뷰에 응해주고 자신의 이야기를 솔직하게 들려준 분들에게 다시 한번 감사드린다.

여러분이 "나는 예민한 나를 사랑한다"고 말할 수 있기를 진심으로 바란다.

C ONTENTS

## 2장 > 나다워서 남들과 다른 거야

## 3장 > 나는 나를 응원한다

## 4장 > 지금 더 단단해지는 중

혼자 있는 시간을 두려워하지 않고 그 시간의 중요성을 잘 안다.

나 자신은 알고 있어야 한다. 그래야만 한다.

나는 진심으로 예민한 나를 사랑하는가?

혼자 울고

혼자 탓하지

마라

그런

날은

언제라도

온다

유독 예민해지는 날이 있다. 그런 날은 꼭 하루가 아니라 한때다. 때로는 일주일, 몇 주, 길면 한 달까지. 최근에 예민해질 수밖에 없는 일들을 겪고 그 모든 사건이 합쳐져 나 자신을 더 예민한 사람으로 만든다.

한때는 예민한 사람이 문제인지, 예민하게 한 사람이 문제인지 토론한 적이 있다. 물론 정답이 있는 일이 아니었다. 내가 가진 예민함은 내 사람을 지키는 무기로 사용할 거라고 했지만, 그 토론에서 이기고 싶어질 정도로 나를 예민하게 하는 이들이 원망스러울 때가 있다. 내 인내심이 어디까지인지 확인하게 하기가 싫어서. 그러다 혹시 나 자신까지 싫어질까 걱정되어.

그 토론에서 이기고 지는 것은 중요하지 않다. 내가 예민해질 수밖에 없던 이유를 차분히 생각하고 정리하며 마음을 가다듬는 충분한 시간을 마련하는 것이 가장 중요할 뿐.

요즘은 참을 일이 많아서 예민해질 일도 따라서 많아진다. 말 한마디가 예민할수록 나도 한마디, 생각 하나까지 조심한다. 이런 내가 피곤할 때도 있지만 살다 보면 주의를 기울여야 하는 일이 그렇게나 많다는 것을 알게 된다. 예민함을 나를 지키기 위해 쓰려고, 공격하는 데 쓰지 않으려 애쓴다. 모든 것을 담담하게 받아들이며 평정심을 유지하려 애쓴다. 이것은 나를 스치는 모든 사람, 그리고 나를 위한 일이다.

고슴도치의
기상
시간

나는 잠을 방해하는 모든 것에 예민한 편이다. 그래서 휴대전화는 진동도 아닌 무조건 무음으로 해야만 하고 햇살이 잘 들어오는 남향에 난 창문이 있는 집이라 암막 커튼도 필수다. 햇살이 주름을 섬세하게 비추는 시간과 감성을 좋아하고, 라디오와 음악, 사랑하는 사람의 말과 웃음소리 같은 것을 너무도 아끼지만 잘 때만은 전부 차단한다. 수면의 질을 높이기 위해 예전에는 수면 안대까지 했지만 오히려 자다가 안대가 답답해 깨는 경우가 있고 일어나 보면 안대는 침대 밑으로 떨어져 있기가 다반사라 지금은 안대를 사용하지 않는다.

하지만 나름 이렇게 내 예민함에 맞춰 세팅해놓아도 단잠을 방해하는 것은 너무도 많다. 뜬금없이 들리는 개 짖는 소리, 가족의 외출 준비하는 소리, 비행기 소리 등 종류도 다양하다. 불면증을 오래 앓은 나로서는 숙면이 절실하게 필요한데 작은 소리에 쉽게 깨다 보니 더 예민해질 수밖에 없다. 이런 나의 성향을 알아서 가족은 내가 잘 때 조용히 하려고 노력하지만 조용히 하는 소리에도 깨버리니 모두가 어쩔 수 없는 상황에 놓인다.

그렇게 소리에 예민한 나는 잘 때뿐만 아니라 일상에서도 종종 어려움을 겪는다. 조금이라도 큰 소리에 매우 놀라며 반응한다. 다른 사람들은 웃으며 그렇게까지 놀랄 일인가 싶은 눈으로 나를 쳐다보곤 한다. 크게 반응하는 것이 재미있으니 일부러 놀라게 하는 친구도 있었다. 학교 다닐 때 가장 부러운 사람은 알람 소리를 듣지 못해 지각했다는 친구들이었다. 나는 밥 짓는 소리나 누군가 외출을 준비하는 소리, 또는 새가 지저귀는 소리에 알람이 울리기도 전에 일어나곤 했으니까. 아무리 깨워도 일어나지 못해서 엄마에게 혼났다는 친구도 이해할 수 없기는 당연했다.

그래서 과거의 나는 잠에서 깨어날 때 자연스레 짜증이 많았다. 힘들게 잠든 만큼 푹 자고 싶은데 늘 원하던 시간보다 또는 일어나야 하는 시간보다 일찍 깨야 했으니. 상쾌하고 기분 좋은 아침이 내게는 어려웠다. 그렇게 지내던 어느 날, 이대로는 안 되겠다 싶어 생각을 바꾸기로 했다. 혹시 원하지 않을 때 깨어나더라도 기지개를 켜며 "아, 잘 잤다."라고 소리 내어 말해보자고 마음먹었다. 처음에는 인상을 찌푸리며 억지로 말하는 듯했지만, 반복하다 보니 이 작은 말과 행동이 아침의 기분을 바꿔주었다.

요즘도 의도치하지 않게 소음으로 인해 일찍 일어날 때면 생각한다.

'하루를 더 일찍 시작하는구나.'

'일찍 일어났으니 밤에 좀 더 일찍 잘 수 있겠다.'

이런 긍정적인 생각은 피곤도 조금 덜어주는 듯했고, 예전에 비해 활기차고 기분 좋은 아침을 맞이할 수 있게 되었다. 소리에 예민하게 타고난 것은 어쩔 수 없다. 습관처럼 바꿀 수 있는 문제가 아니다. 그러니 그 사실에 계속 불만스러워하기보다는 바꿀 수 있는 부분을 고민해 노력하는 것이 좋다.

생각해보면 모든 일이 그렇다. 불만을 가지고 부정적으로 생각하기 시작하면 끝도 없다. 기분만 안 좋아지고 하루를 기분 좋게 잘 보낼 수 있는 기회만 놓칠 뿐이다. 그러므로 자신이 어떤 단점이라고 불릴 만한 것을 가졌더라도 그것을 부정하는 것이 아니라 온전히 받아들이고, 그 안에서 바꾸고 노력할 수 있는 부분을 찾아보기를 바란다.

때로는
모른 채
하고
싶다

때로는 무딘 사람이 되고 싶다
말 한마디에 예민해지지 않고
생각이 많지 않아 금방 잊어버리는

예민함을 무기로 쓰며 살 거라고 했지만 가끔은 무딘 사람이 되면 좋겠다고 생각한다. 애써 감춰서 누군가를 지킬 필요가 없도록, 내 예민함에 내가 지치는 일이 없도록. 온종일 불편했던 말 한마디, 누군가의 표정, 하지 말아야 하거나 해야 했던 말을 떠올린다. 바쁘게 보내는 시간의 틈으로 그런 생각들이 들어오면 내 시간은 균형을 잃고 쓰러진다. 그래서 하루가 더뎌지는 것이 질릴 때쯤 신경쓰이는 새로운 일이 그림자처럼 따라와 그늘을 만들고 서늘하게 한다. 어떤 일이든 쉽게 넘길 수 있다면, 가끔은 그냥 금방 잊어버릴 수 있다면 얼마나 좋을까.

더 이상
혼자
울지
마라

이해받기 어렵다고 생각했던 나의 어떤 모습을 검색했을 때 정의되어 나오는 단어가 있다는 것은 새삼 감사한 일이다. 내게는 HSP가 그랬다. HSP는 Highly Sensitive Person의 약자로 매우 예민한 사람을 뜻한다. 심리학자 일레인 아론 박사가 도입한 개념으로, 그의 연구에 따르면 인구의 15~20퍼센트가 이에 해당한다고 한다. 세상에 나처럼 예민한 기질을 가진 사람이 20퍼센트에 달한다니, 이것 또한 굉장히 반가운 이야기였다. 얼굴을 모르는 동지가 잔뜩 생긴 기분이랄까.

심리학계에서 최초로 '민감함'이라는 문제를 제기한 아론은 남다른 예민함으로 어린 시절에 수많은 상처와 고민이 있었다고 한다. 그래서 자기 내면을 깊게 들여다보며 민감함이 결함이나 장애가 아니라 개인의 능력을 발전시킬 수 있는 잠재력이라는 것을 깨닫고 연구에 매진했다.

이런 사실을 보면서 또 한 번 느낀다. 끝없이 내면을 탐구하는 사람이 많은 사람에게 도움을 줄 수 있다는 것, 수많은 상처와 고민으로 인한 외로움과 결핍을 느낀 사람이 결국 비슷한 사람에게 위로를 주는 사람이 된다는 것을.

실제로 많은 독자들이 그의 책을 읽고 자신의 성향을 깨달아 안심하고, 서점에서 눈물을 흘리며 그의 책에서 "나 자신을 찾았다."라고 표현한 것도 그런 이유에서일 것이다. 나 또한 그의 책을 읽고 혼자 외롭게 고민하고 걱정하던 것을 나누는 기분이었으며, 더 이상 예민하다는 이유로 상처받지 않을 수 있게 되었다. 그의 책이 누군가에게 새로운 시작이 되었으면 하는 마음이다.

상처받지
않고
사는 법

나는 이전에 쓴 책들에서 예민함을 '내 사람들을 지키는 데' 쓸 거라고 했다. 이후 그 경험이 제법 많이 쌓였지만, 예민함이 약점이 되는 순간도 있었다. 그 과정에서 지나친 공감, 심한 감정 기복, 많은 생각, 완벽주의 성향 등 다스려야 할 부분이 너무나도 많다는 것을 깨달았다. 그래서 결국 예민함이 문제나 민폐 또는 스스로에게 불편함이 되지 않으려면 자기 통제력이 뛰어나야 하고, 예민함에 대한 온, 오프가 가능해야 한다는 것도 깨달았다. 예민함을 조명처럼 자유롭게 켜고 끌 수 있다면 예민함이 약점이 되는 순간은 많이 줄어들 테니까.

그동안 예민함을 다룬 많은 책에서 예민함은 능력이자 이해해야 하는 재능이라고 말했다. 그 이해는 타인이 아닌 스스로 먼저 이루어져야 한다. 자신을 이해하지 못하는 사람은 타인에게도 온전히 이해받을 수 없기 때문이다.

그렇다면 자신의 예민함을 온전히 이해하는 방법은 무엇일까? 나 같은 경우는 내 예민함의 장점부터 모두 나열해보고 그 장점들을 어떻게 발휘하며 살고 있는지 분석해보는 작업을 먼저 했다. 그때 나열했던 것이다.

· 공감 능력이 뛰어나다.

· 자기성찰을 통해 꾸준한 발전이 가능하다.

· 다른 사람은 캐치하지 못하는 섬세함을 가졌다.

· 세상을 섬세하게 바라보기 때문에 창의력이 뛰어나다.

· 사소한 것들의 소중함을 잘 안다.

· 혼자 있는 시간을 두려워하지 않고 그 시간의 중요성을 잘 안다.

· 감정을 강렬하게 느낀다.

한때는 '난 너무 예민한 사람이야.' 라고 생각하며 살았지만 지금은 내 예민함으로 타인도, 나 자신도 상처받게 두지 않겠다는 다짐을 굳게 한 상태다. 누구도 상처받지 않게 예민함을 조절하는 것, 그것은 예민한 사람이라면 누구나 지켜야 하는 부분인 것 같다. 예민한 사람에게 예민함이란 하나의 성격일 뿐만 아니라 인생을 살아가고 삶을 느끼는 방법 중 하나이기 때문에 그 자체를 존중받으려면 정도를 조절할 줄 아는 것이 필수라는 뜻이다.

그렇다면 예민함을 조절하는 방법은 무엇일까? 우선 자

신이 어느 부분에서 가장 예민한지 알아야 한다. 그것은 타고난 감각과 가치관 등 다양한 부분의 영향을 받을 것이다. 나 같은 경우에는 청각이 예민해서 잠을 방해하는 것들에 민감하다. 아무리 피곤한 채로 잠에 들었어도 조금이라도 휴대전화 벨소리나 누군가의 말소리가 들리면 바로 깬다.

아무리 사전에 차단해도 어쩔 수 없이 들리는 소음이 존재하기 때문에 질 높은 수면을 위해 수면제를 먹고 자기도 하는데, 그래도 깨는 경우가 훨씬 많다. 가족조차 이런 성향을 유별나게 생각했지만, 나중에는 나를 위해 조용히 말하거나 움직였다.

타인에게 내 예민함을 존중받고 싶다면, 나 자신을 먼저 존중해야 한다. 그리고 그 존중은 나의 장점을 제대로 알고, 또 스스로 진정한 장점으로 받아들였을 때 가능한 일이라는 것을 꼭 알았으면 좋겠다.

내가

어떤

사람이더라도

나는 어떤 단어의 사전적 정의만큼이나 유의어와 반의어를 찾아보는 것도 자주 하는데, '예민하다'의 유의어를 보니 날카롭다, 까다롭다, 민감하다, 복잡하다 등 네 가지 단어가 있었다. 그렇다면 예민한 사람은 정말 이 네 가지를 다 가지고 있을까?

이 단어들을 곰곰이 생각해보았다. 그리고 타인이 나를 이 단어들처럼 바라볼 것 같다는 생각한 과거가 떠올랐다. 내 생각이나 나 자신을 잘 설명하고도 마지막에 "피곤해?"라고 묻던 순간들도.

그러므로 예민한 사람들이 정작 생각해야 할 부분은 스스로가 피곤한 사람이 아니라는 사실이 아닐까. 예민함을 오해한 사람들이 말하는 수많은 단어를 들어오면서 예민하기 때문에 가질 수 있는 장점들은 잊을 확률이 높기 때문이다. 자신이 피곤한 사람이라는 생각은 스스로를 사랑하는 데 방해가 된다.

아주 예민한 사람들은 본인의 작은 실수에도 크게 자책할 가능성이 높다. 그러니 평소에 자신을 사랑하는 데 늘 힘쓰며 살아야 한다. 자신을 사랑한다는 것은 스스로가 어떤 사람이든 괜찮다고 말해주는 것이다.

그러니 오늘 밤에는 이렇게 말해보자.

"나는 예민한 나를 사랑한다."

선을

넘지

마세요

"장난이잖아."

어릴 때 이 말을 정말 많이 들었다. 장난인데 왜 이렇게 심각하고 진지하게 받아들이냐는 말도. 나는 그 말이 싫었다. 장난은 치는 사람이 아니라 받는 사람이 장난이어야 진짜 장난이지 않은가. 무례하게 선을 넘어놓고 장난이라는 말로 포장하려는 태도와 자기 잘못은 하나도 없이 오로지 내가 예민하기 때문에 과한 반응을 했다는 그 뉘앙스가 불쾌했다.

물론 처음부터 무례함과 예민함을 나눌 수 있었던 것은 아니다. 오히려 내가 정말 예민한 사람이라서 장난 하나도 웃으며 넘어가지 못하는가 싶은 때도 많았다. 그래서 결국 이런 고민을 하게 한 사람보다 나 자신을 더 미워하기도 했다. 내가 잘못된 건가 싶어 스스로를 믿지 못한 것이다.

하지만 예민함은 고쳐야 할 부분이 아니라 삶을 섬세하게 바라보는 태도 자체를 일컫는 말이라고 생각한다. 스스로 그렇게 정의를 내리고 나니, 무례함에 어떻게 대처해야 할 줄도 알게 되고 무작정 내 예민함을 탓하지 않게 되었다. 더 나아가 무례함에 웃으며 받아칠 줄 아는 여유까지 생기기도 했다.

자신이 예민하다고 생각하는 사람들은 '내가 너무 예민해서 이걸 장난으로 받아들이지 못하나?' 하고 생각해보았을 것이다. 하지만 무조건 자신부터 의심하지 않았으면 좋겠다. 그리고 살펴보자. 상대가 내가 정해놓은 선을 넘어왔는지. 그 관계에서 자신이 정해놓은 선에 따른 기준으로 행동했는지.

누구보다 명확한 나만의 기준을 가지고 있고, 그 기준에 따라 행동한다면 문제될 것은 없다. 그러니 섣불리 자신의 예민함을 탓하지 말기를 바란다. 만약 반대로 내가 정말 순간적으로 예민하게 굴었다면 그 이유를 생각해보자. 평소라면 장난으로 생각했을 그 말과 행동을 왜 받아들이지 못했는지 말이다.

어떤 이유든 분명 그것은 '마음의 여유' 문제일 것이다. 마음에 여유가 없으면 작은 것에도 더 예민해지기 때문이다. 여유 있는 태도를 가지려면 내면의 평화에 힘써야 한다. 그래야 날선 생각과 말을 피할 수 있다.

예민해도

잘

살고

있습니다

나는 예민한 나를 사랑하지만, 가끔은 무딘 사람이 부럽기도 했다. 특히 연애할 때는 그랬다. 예민한 내가 보통 사람도 아닌 보통보다 무딘 사람을 만나 매번 마음고생을 했으니까. 20대 내내 '왜 저 사람은 섬세하지 않을까?' 또는 '나의 예민함은 인정받기에 너무 과한 것일까?' 라는 질문을 나 자신에게 던지며 괴로워하던 날이 많았으니까. 그래서 나의 유별난 예민함이 사랑이라는 단어로 커버되는 시간에는 늘 유통기한이 있었다.

그렇게 나의 연애기는 혼돈 그 자체였다. 내가 정말 유독 예민한 사람이라 연애가 힘든 것인지, 상대가 너무할 정도로 내게 섬세하게 대하지 않는 것인지 고민할 수밖에 없었기 때문이다. 그리고 결론은 항상 내가 다른 사람들에 비해 유독 예민한 것도 맞고, 상대가 평균 이하로 무심한 사람인 것도 맞는다는 것이었다. 그러면 때로는 '그럼 나 같은 사람은 연애하면 안 되는 걸까?' 라는 극단적인 생각으로 치닫기도 했다.

하나둘 나의 예민함에 지쳐 나가떨어지고, "난 널 감당할 수 없는 사람이야."라고 말하던 남자들의 말은 매번 내게 큰 상처를 남겼다. 심지어 어릴 때부터 줄곧 나를 키워주신 할머니에게조차 "넌 예민하고 유별난 사람이야."라는 말을 들었기 때문에 내 상처를 치유 받을 수 있는 곳은 가족의 품도 아니었다. 그렇다면 나는 어떻게 그 상황에서 나를 사랑할 수 있었을까?

우선 생각 자체를 바꾸기로 했다. 내가 가진 예민함을 진심으로 존중해주는 사람, 심하게 무심하지 않은 사람을 만나지 못한 것뿐이라고. 그런 과정에서 나 자신을 불쌍하게 여기는 마음이 생겨나기도 했지만, 지나친 자기연민을 갖지 말자고 생각했다. 지나친 자기연민은 불필요한 과대 해석으로 이어지기 때문이다.

예민함은 후천적으로 만들어지는 성격이 아니라 태어날 때부터 정해진 기질이다. 나의 무언가 잘못된 습관 때문에 예민한 사람이 된 것이 아니라 타고났다는 말이다. 그러므로 지나친 자기연민을 가질 필요는 없다. 이 예민함을 잘 다스리고 예민함이 가진 장점을 하나하나 내 것으로 만들어 세상을 잘 살아가면 된다. 예민한 사람이 자신이 가진 예민함을 단점으로 보는 순간 세상은 더 어두워지게 마련이다. 그러므로 예민한 사람도 세상을 잘 살아갈 수 있다는 것을 믿자.

# 자신을
# 오롯이
# 세우는
# 힘

어릴 때는 내가 예민한 사람이라는 사실을 인지하지 못했다. 주로 "다르다."보다는 "틀렸다."라는 말을 더 많이 듣고 자라기도 했다. 타고나게 예민한 기질을 존중받지 못하며 성장했다는 뜻이다. 누우면 거의 바로 잠에 드는 우리 가족은 불면증인 나를 이해하지 못했고, 소음이 있어도 쉽사리 잠에서 잘 깨지 않는 우리 가족은 작은 말소리에도 잠을 청하지 못하는 나를 이해하지 못했다. 내가 느낀 것을 표현할 때는 "그건 아니야."라는 말을 듣기도 했다.

지금은 알고 있다. 나를 평범하게 키우고 싶어한 가족의 마음을. 하지만 예민한 사람이 평범한 사람이 아니라는 사실에 나는 동의하지 못한다. 상대가 어떤 삶의 이력을 가졌든 존중해야 하는 것처럼 예민한 사람 또한 마찬가지다. 예민한 사람은 삶을 섬세하게 바라보며 자신을 오롯이 세우는 힘을 가졌다.

그렇다면 나는 가족이 아닌 타인들에게 있는 그대로 존중받았을까? 예민한 사람과 그렇지 않은 사람의 비율은 2대 8이라고 한다. 이 말은 예민함을 공감하지 못하는 사람이 훨씬 더 많다는 뜻이다. 그 말은 타인에게 공감 받으려 하기보다는 스스로를 더 이해하고 보듬어줘야 한다는 의미가 되기도 한다. 물론 그 과정이 순탄하지는 않았고, 나 자신에게 많은 상처를 주기도 했다. 그러나 지금은 어디 가서 예민함이 나의 장점이라며, 얼마나 어떻게 사용할 수 있는지 자세하게 설명할 수 있다.

'나는 이해받기 어려운 기질을 가졌어.' 라고 생각하기 시작하면 삶 자체가 어두워 보이고, 미래도 암울하게 느껴지게 마련이다. 그리고 '누군가에게 어떻게든 이해받을 거야.' 라는 생각도 예민한 사람에게는 특히 좋지 않다. 나를 가장 잘 아는 사람도 나이고, 그러므로 나를 가장 깊게 이해할 수 있는 것 또한 나 자신이다.

나의 예민함에 대하여

나다워서

남들과

다른 거야

# 예민함이
# 병은
# 아니지만

예민함이 병은 아니지만, 너무 지나치거나 자신을 너무 학대한다면 이런 방법을 추천한다.

먼저, 이해해주는 사람들과 시간을 자주 보내는 것이 좋다. 나를 이해하지 못하는 사람이 있으면 나를 이해해주는 사람도 반드시 있다. 그리고 예민한 이들에게 그런 사람은 더욱 소중하다. 혼자 있는 것도 좋지만, 그렇게 나를 이해해주는, 열린 마음을 가진 사람과 자주 시간을 보내면 좋은 에너지를 받아 한동안 긍정적으로 나아갈 수 있다.

인간관계를 맺고 끊는 등 자신만의 확실한 기준을 만드는 것도 추천한다. 예민한 사람은 상대에게 많이 맞추려고 하거나 그것이 싫으면 차라리 고립을 선택하는 등 극단적으로 될 때가 많다. 그래서 평소 인간관계에 대한 자신만의 명확한 기준을 가져야 한다. 자신만의 기준이 섰을 때 혼자 있는 것을 선택하는 것과 그렇지 않은 것은 많이 다르기 때문이다.

예민한 상황이 찾아왔을 때 이를 최소화할 수 있도록 평소에 긍정적으로 생각하려고 노력하는 것도 잊지 말자. 예민해지는 상황은 누구에게나 찾아오지만, 아주 예민한 사람은 작은 일도 더 크게 느낀다. 그래서 평소에 긍정적으로 생각하려는 노력이 필요하다. 신경이 날카로워졌을 때 예민한 상황을 마주하는 것과 마음이 말랑말랑 부드러울 때 그런 상황을 마주하는 것은 다르기 때문이다.

규칙적으로 운동하는 것도 잊지 말아야 한다. 몸과 마음은 항상 같이 간다. 세트처럼 묶어서 생각하고 관리해야 한다. 그러니 마음을 다스리고자 하는데 몸은 방치해둔다는 건 있을 수 없는 일이다. 예민한 사람에게 꼭 필요한 마음 공부를 하며 꾸준히 운동까지 하면 몸도 마음도 건강한 사람이 될 수 있다.

건강한 식습관은 기본이다. 아주 예민한 사람들은 채워지는 기분을 느끼기 위해 폭식이나 폭음을 할 가능성이 높다고 한다. 나 또한 한때 스트레스를 먹는 것으로 풀곤 했는데, 그런 날이 지속되자 건강에 문제가 생기고 그런 나를 자책하는 시간도 늘었다. 그러므로 무엇이든 조절해서 적당히 먹는 것이 가장 좋다.

일정한 질 높은 수면 패턴을 가지는 것도 추천한다. 이것은 나처럼 수면에 예민한 사람에게는 어려운 숙제가 될 수 있다. 하지만 최대한 수면 중이라도 예민함이 존중받을 수 있는 환경을 만들어야 하루의 시작이 활기차고 기쁠 수 있다. 잠들지 못할 만큼 예민해지는 요소들을 없애고 가장 편안하게 잘 수 있는 환경을 만들어주자.

적당한 자기반성이라면 어떨까? 예민한 사람은 보통 자신을 돌아보는 시간을 자주 가진다. 그런 시간은 매우 좋지만, 자신을 원망하거나 탓하는 시간이 많아지면 예민한 자기 자신을 그대로 사랑하기 어렵다. 그러므로 자기반성은 적당히 하고, 이외의 시간은 마음을 보듬어주는 데 쓰자.

안정감을 느낄 수 있는 나만의 안식처가 있는가? 내 취미 중 가장 좋아하는 것은 다이어리 꾸미기다. '다꾸' 라고 불리는 이 취미는 서재가 있는 책상에서 이루어지는데, 방안에 들어설 때부터 나는 냄새에 기분이 좋아지곤 한다. 기분 좋은 마음으로 앉아 스티커를 붙이고 배경지를 가위로 오리는 것 자체로 힐링이다. 그래서 그런 기분 좋은 취미를

할 수 있는 방 자체가 내게는 소중한 공간이 되었다. 예민한 사람은 이렇게 들어서기만 해도 좋은, 자신만의 평화를 방해하는 것이 하나도 없는 공간을 만들면 좋겠다. 기분이 좋지 않다가도 그 공간에 들어서면 괜찮아질 수 있도록.

아울러 예민한 자신을 누구보다 섬세하게 이해해주어야 한다. 내가 조금 예민한 사람이든 매우 예민한 사람이든 나를 100퍼센트 이해해주는 사람은 세상에 없다. 그러나 나는 나 자신을 100퍼센트 이해하는 것이 가능하다. 시간이 얼마나 걸리든 그 작업을 오래오래 이어나갔으면 좋겠다.

정말 힘들 때는 전문가에게 상담받자. 아무 탈 없이 일상생활을 이어나가기 어려운 불편감이 있다면, 한 번쯤 병원에 가서 상담을 받아봐도 좋겠다.

그러니까

그날

입니다

연애할 때 상대가 괜히 미워 보이고 하는 행동이 못마땅하게 느껴지는 시기가 있었다. 그런 때는 주기적으로 찾아왔는데, 내면을 신경쓰는 데 비해 몸 건강에 무심했던 나는 그것이 생리전증후군 때문이라는 사실을 몰랐다. 생리전증후군 증상 중 정신적인 부분은 다음과 같다고 한다.

· 갑자기 슬퍼지거나 눈물이 나고 극도로 예민하거나 분노에 휩싸이는 등 감정이 불안정하다.
· 지속적으로 화가 나거나 극도로 예민해진다.
· 모든 일에 걱정되고 긴장이 증가한다.
· 우울하고 도움받을 곳이 없는 것처럼 느껴진다.
· 자기 자신을 전혀 조절할 수 없는 것처럼 느껴진다.

나는 생리 전마다 이 다섯 가지를 모두 겪곤 했다. 그러다 보니 일상의 사소한 것까지 공유하는 상대방에게 이것이 티 나지 않을 리가 없었다. 감정이 롤러코스터를 타고, 이랬다가 저랬다가 하는 나를 이해할 수 있는 상대 또한 없었다. 그렇게 연인과 싸우는 것도 문제였지만, 가장 큰 문제는 그런 나를 사랑하기가 어려웠다는 것이다. 흔히 말하는 호르몬의 노예가 되어 이리저리 끌려 다니는 모습이 마음에 들지 않고, 스스로를 통제할 수 없는 기분 또한 견디기 힘들었다.

그런데 생리전증후군에 대해 자세히 공부하면서 내가 그동안 예민해질 수밖에 없는 나를 이해해주지 못했다는 것을 새삼 깨달았다. 그것을 깨닫고 나니 나 자신이 더욱 애틋해졌다. 그리고 한 달에 한 번씩 성격파탄자가 될 수밖에 없는, 생리전증후군을 앓는 나를 위해 건강을 더 챙겨야 한다는 생각이 들었다.

카페인을 줄이고, 주 세 번 운동을 하며 생활방식에 변화부터 주었다. 그리고 이유 없이 짜증나는 그 시기가 찾아오면 '아 또 왔구나.' 하며 어떤 시기를 겪는지 인식했다. 신기하게도 그것만으로 상대와 다툼은 잘 일어나지 않았다. 자기 몸이 주기적으로 어떤 변화를 겪고 있는지 알고 그것에 맞춰 건강을 챙기는 것, 이것은 사소하지만 아주 중요한 문제다.

민감한

걸까

섬세한

걸까

이 책을 쓰기 위해 예민함에 대해 자세히 공부하다 문득 이런 생각이 들었다. 나는 "네가 예민해서 좋아."라는 말을 들어본 적 있을까? 나 자신에게도 그런 말을 해준 적은 없는 것 같다. 예민함을 무기로 삼아 잘 살 거라고 다짐했지만, 사실 스스로에게 '예민해지지 말자.' 라고 말한 적이 더 많다.

그 이유를 생각해보면 '예민함' 이라는 단어 자체가 주는 부정적인 시선 때문 아닐까? 만약 예민함 자체를 긍정적으로 생각한다면 상대가 예민하다고 말했을 때 칭찬으로 받아들일 수 있지만, 반대로 평소에 부정적으로 생각했다면 내 단점을 말해주는 것으로 들을 수 있다. 그래서 예민함이라는 단어에 대한 인식을 개선하는 것이 우선이라는 생각이 든다.

# 예민함을
# 다루는
# 방법

매우 예민한 사람에게는 우울증이나 불면증 등 정신질환이 찾아오기 쉽다고 한다. 나 또한 일상생활이 어려울 정도로 과하게 예민해진 시기에 병원을 찾은 적이 있다. 진단명은 우울증과 불안장애. 의사 선생님은 잠을 잘 잘 수 있도록 약을 처방해주겠다며 우선 잠을 잘 자고 밥을 잘 먹는 것부터 하라고 하셨다. 약으로 인해 가끔 낮에도 잠이 쏟아지는 부작용이 있었지만, 끊임없는 생각을 뒤로한 채 잠에 들 수 있는 것이 좋았고, 그렇게 약의 도움을 받아 일상생활을 다시 이어나갈 수 있었다.

매우 예민한 사람이 가진 단점은 다음과 같다.

· 같은 상황을 겪더라도 보통 사람보다 더 큰 스트레스에 시달린다.
· 쉽게 지치거나 좌절한다.
· 부정적인 감정에 쉽게 영향을 받는다.

이런 단점이 우울과 불안으로 번질 가능성이 높다. 그래서 매우 예민한 사람은 평소에 스트레스를 잘 관리하고 지칠 때 쉬어줄 수 있는 여유도 가져야 한다. 부정적인 감정이 찾아왔을 때를 대비하는 것도 좋은데, 그래서 예민한 사람들에게는 마음공부가 꼭 필요하다.

마음공부라고 하면 거창하지만, 한마디로 '난 왜 이렇게 예민하지?' 라고 생각하는 것이 아니라, '예민함은 태어날 때부터 정해져 있고, 그래서 지금 난 이런 사람이구나. 그럼 내가 바꿀 수 있는 건 뭐고 받아들일 수 있는 건 무엇일까?' 이런 식으로 접근해야 한다는 것이다. 마음에 들지 않는 모습조차 '이게 나야.' 라고 생각할 수 있는 마인드를 만들어야 한다는 말이기도 하다. 자신의 진짜 모습을 마주하고 그것을 인정하고 받아들여야 마음이 차분해지고, 그때부터 감정과 기분을 다스리는 연습도 시작하면 된다.

너의

예민함이

좋아

"넌 너무 유별나."

"넌 너무 소심해."

"넌 너무 사소한 것에 연연해."

"넌 너무 걱정이 많아."

"넌 너무 부정적이야."

살면서 많이 들은 말이다. 살면서 칭찬도 많이 들었지만, 지금 와서 보니 이런 말이 다 "넌 너무 예민해."와 같은 말이라는 것을 깨달았다. 그들은 내가 어딘가 남들과 좀 다르고, 피곤하게 사는 듯한 느낌을 받았을 것이다. 나 또한 남들과 다르다는 것을 특별함으로 느끼기보다는 어려움으로 느낀 적이 많았다. 그리고 그것은 예민함을 다루기 어려웠기 때문이다.

내가 생각한 '예민함을 잘 다루는 방법' 중 하나는 우선 사람들에게 이해받으려고 애쓰지 않는 것이다. 우리는 저도 모르게 상대가 나를 이해해주었으면 하고 바란다. 하지만 그렇게 지속적으로 본능에 이끌려가다 보면 결국 분노와 질투에 휩싸이게 된다. 상대방이 나를 오해하고 있다면 그 부분을 풀어주고 설명해주면 된다. 물론 그렇게 하고 싶은 상대에게만 그렇게 하면 된다.

예민한 사람이 타인에 비해 유별나고, 소심하고, 사소한 것에 연연해하고, 걱정이 많고, 부정적인 면을 더 가진 것은 사실이다. 하지만 예민한 사람을 자기중심적이고 신경질적인 사람으로 오해하는 경우가 있다. 오히려 예민한 사람은 타인의 이야기를 자신의 이야기처럼 느껴 손해를 감수하면서까지 상대의 부탁을 들어주고, 작은 일에도 쉽게 감동하며, 타인을 원망하기보다는 자신을 자책하는 경우가 많은, 누구보다 여리고도 사람을 좋아하는 사람이다.

그러니 주변에 예민한 사람이 있다면 오해하지 말고 따뜻하게 말해주자.

"난 너의 예민함이 좋아."

가만히
두면
결국
흘러갈

나는 20대 때 술을 참 좋아했다. 지금은 애주가라고 불릴 만큼 술을 즐기며 마실 줄 알게 되었지만, 20대의 내게 술의 매력은 단 한 가지였다.

'꼬리에 꼬리를 무는 생각을 없애주는 유일한 것.'

지금은 알고 있다. 내가 매력을 느낀 포인트는 알코올에 의존하는 사람이 되기 딱 좋다는 것을. 하지만 그때는 글에 다 쏟아놓고도 계속해서 떠오르는 많은 생각을 다스리기가 너무 어려웠다. 그런 내게 술은 꼬리에 꼬리를 물던 수많은 생각이 사라지고 사고가 단순해지도록 해주었다.

지금은 술로 해결하려고 하지 않고 그냥 내버려둔다. 처음에는 복잡한 생각을 정리하지 않고 있으면 방 청소를 하지 않고 지저분하게 두는 것 같은 찝찝함을 느꼈지만, 가만히 두다 보면 생각은 결국 흐르고 흘러 어느 순간 하나로 모아진다.

바로 그때 내가 원하는 것을 눈치채면 된다. '내가 사실 이래서 생각이 많았구나.' 하고 깨달으면 다음으로 넘어갈 수 있게 된다.

밀어내지

말고

받아

들이자

'쿨해지고 싶다.'

'생각 좀 안 하고 싶다.'

'과거 생각이 안 났으면 좋겠다.'

'아무도 나를 건들지 말았으면 좋겠다.'

'감정을 그만 숨기고 싶다.'

'눈치가 빠르지 않으면 좋겠다.'

'그냥 모른 채 살고 싶다.'

이런 생각을 습관적으로 하며 나를 밀어냈다. 매일 이런 생각을 하다 보니 당연히 나 자신을 사랑할 수 없었다. 그때 나를 사랑할 수 있게 해준 하나의 생각이 있었다.

'내가 남들과 달라 보이는 건 특이해서가 아니라 나다운 삶을 살아가기 때문이야.'

쿨하지 못한 것도 나, 생각이 많은 것도 나, 과거 생각을 자주 하는 것도 나, 감정을 숨기며 사는 것도 나, 눈치가 빠른 것까지 모두 '나'다. 내가 남들과 다르게 사는 것은 맞지만, 나다운 삶을 살아가기 때문에 남들과 다른 것이다.

이렇게 초점을 바꾸고 나니 나를 밀어내기보다는 보듬어줘야겠다는 생각이 들었다.

자신을 자꾸 밀어내게 된다면 '받아들이는 것'을 오래 생각했으면 좋겠다. 나는 나 자신을 얼마나 받아주는지.

# 나와

# 화해하기

"앞으로는 자신에게 가장 최선의 것만 해주는 거예요."

내게 밥은 잘 먹는지, 잠은 잘 자는지 물은 의사 선생님의 다음 말이었다.

'최선의 것' 이란 무엇일까 하는 생각이 들자마자 선생님은 이런 말을 덧붙이셨다.

"나쁜 것 말고 좋은 것만 해주는 거예요."

그리고 그 '좋은 것' 의 기본은 잘 먹고 잘 자는 거라고 한다.

잠을 제대로 자지 못하고 식사도 불규칙할 때, 아니 정확하게 말하면 그 외의 모든 것도 엉망이고 질서를 찾기 어려울 때 처음 병원을 찾았다. 내게 좋은 것만 줄 생각을 하지도 못하고, 하더라도 실천할 수 없는 상태였다.

그렇게 무너질 때마다 나는 더 오래 무너져 있었다. 겨우겨우 엉덩이에 묻은 흙을 털고 일어날 수 있을 때까지 빠져나올 수 있다는 생각조차 하지 않았다.

그런 내가 병원을 찾아간 것은 약으로 내 일상을 바꿀 수 있을지에 대한 의심 섞인 희망 때문이었다. 선생님은 누구보다 내 상태를 별것 아니라는 듯 말하며 약을 먹고, 밥을 제때 먹고, 정해진 시간에 잠을 자고 일어나기만 하면 된다고 하셨다. 그러면 우울과 불안은 눈 녹듯 사라질 거라고. 여전히 의심 섞인 희망을 품은 채 그 알약 몇 알을 믿어보기로 했다.

그때는 그게 최선이었으니까.

자신을 망치게 두지 말라는, 매주 받는 다정한 경고는 아주 조금씩 나를 변하게 했다.

"나에게 최고로 좋은 것들만 해주면서 살아도 삶의 방해꾼들이 생겨요. 그런데 왜 자신을 괴롭히는 일을 보태려고 해요?"

선생님은 이런 말로 내가 나를 괴롭히지 않아야 하는 이유를 설명했다.

내가 나를 괴롭힌 것은 나 자신을 용서하기 힘들어서였다. 다른 여러 이유 때문인 줄 알았으나 결국은 그 이유였다. 그래서 치유의 시작은 약이었지만, 나와 화해하는 과정이 나를 조금씩 더 괜찮게 만들었다. '나와 화해하기'란 무엇일까? 자신을 미워하지도 원망하지도 않는 상태로 만드는 것이다. 부정하는 것이 아니라 그 모든 것을 긍정하고도 괜찮다고, 그런 자신을 다독일 줄 알며, 내려놓아야 할 것은 내려놓는 것이다.

그 과정을 거쳐야만 진정한 치유는 시작된다.

숨어 있는
아이를
위하여

드라마 수업을 배울 당시, 선생님은 트라우마와 마주하는 것에 대해 끊임없이 강조하셨다. 트라우마를 가지지 않은 캐릭터는 없고, 그런 캐릭터를 만들어 치유되는 과정을 글로 쓰기 위해서는 자신의 트라우마를 먼저 극복해야 한다는 것이다. 그렇게 생각했던 것과 다른 방향으로 흘러갔던 드라마 수업은 내게 뜻밖의 경험을 하게 해주었다.

그 선생님은 수업을 시작할 때 명상부터 하셨다. 우리에게 모두 눈을 감고 몸에 힘을 빼고 자기 내면에 집중하라고. 명상하면 생각나는 음악 같은 것도 틀어주셨다. 생각이 워낙 많은 나는 명상하면서도 중간중간 다른 생각이 끼어들어 쉽지 않았지만, 어떤 날은 온전히 몰입할 수 있었다.

그것은 내면의 아이를 만나는 시간이었다. 눈을 감고 어린 시절을 떠올리며 내 안의 아이를 찾아보라는 생소한 질문에 뜻밖에도 거울 앞에 선 어린 내가 보였다. 선생님은 그 아이를 안아주고, 괜찮다고, 네 잘못이 아니라고 말해주라고 하셨다. 그 말을 함과 동시에 감은 눈 사이로 눈물이 쏟아졌다.

늘 지금의 나만 생각했다. 지금, 이렇게 되어버린, 상처 많은 나를. 그래서 그 시절의 나를 떠올려 지금의 내가 안아줄 수 있는 경험은 여전히 충격과 놀라움으로 남아 있다. 심지어 그 수업은 대면도 아니었고, 노트북 화면을 통해서 하는 비대면 수업이었다. 그때의 나를 만나 안아주고 나서 조금씩 눈을 떴을 때, 울고 있는 많은 사람이 보였다. 그것 또한 신기하고 놀라웠다.

그 후 내 안의 아이는 어떤 모습으로 그곳에 자리하고 있는지 자주 생각한다. 처음 마주했던 그 장면이 잊히지는 않지만, 그 아이를 안아주고 성숙해진 아이로 만들기 위해 노력한다. 가끔은 평생 두려운 모습을 한 아이를 지울 수 없다는 생각에 기분이 처지곤 하지만, 그것을 알고 있는 것만으로도 많은 것이 달라진다.

명상은 내가 꾸준히 추천해온 것이기도 하다. 혼자만 있는 공간에서 내면의 아이를 만나 인사하고 안아주고 괜찮다고 말해주는 과정 또한 추천한다. 단번에 되지 않더라도 온전히 집중할 수 있는 날이 온다면 한 걸음 더 나아갈 수 있다.

# 그런
# 사람인
# 것

"어쩜 그렇게 표정이 다양해?"
"넌 표정에서 다 보여."
"얼굴 보면 네가 무슨 생각하는지 다 알 것 같아."
어릴 때부터 이런 말을 많이 들었다.

'내가 어떤지 다 보인다고?'

아직 나도 다 이해하지 못한 나를 표정만 보고 어떻게 안다는 건지 반항심이 생겼다. 하지만 내 표정이 다양한 건 사실이었다. 모든 순간의 감정을 넓고 깊게 느꼈으니 얼굴에도 티가 날 수밖에 없었다. 그렇게 다양한 표정 덕분에 사람들이 내 감정과 기분을 계속 유추해서 말하는 것은 은근히 스트레스였다.

그러다가 텍스트 테라피 상담을 통해 한 내담자를 만났다. 그분의 고민은 감정 표현이 어렵고, 사람들이 자신의 표정을 봐도 도무지 무슨 생각을 하는지 모르겠다는 말을 자주 듣는 것이었다. 한마디로 나와는 정반대의 고민을 하고 있었다. 그분과 상담하며 내가 그분과 같은 상황이어도 고민이었으리라는 생각이 들었다. 그러자 갑자기 내 고민이 가벼워지는 것을 느꼈다.

이 깨달음 뒤에는 나의 단점이라고 느낄 만한 것을 만났을 때, 그것이 고민이라면 정반대의 경우를 생각해본다. 정반대의 경우에도 고민이 될 것 같다면, 그것은 나의 단점이 아니라 '내가 그런 사람인 것' 이라고 생각한다. 예민한 사람은 속마음을 드러낼 때 타인의 반응에 몹시 민감해져 쉽게 마음을 드러내지 못한다. 그래서 지금껏 나는 표정만 보고 유추하는 사람들이 부담스러웠으리라.

가진 것에 대한 만족과 가지지 못한 것에 대한 부러움의 균형을 잘 맞춰야 한다. 어떤 고민이든 부정적으로 해석하고 과하게 생각해서 부정적인 결론을 내리면 스트레스가 될 수밖에 없다.

나는
늘
이별을
생각한다

"헤어지자고 하는 것보다 차이는 게 낫겠어."

술자리에서 푸념처럼 하던 말이 떠올랐다. 그렇다. 나는 그동안 연애를 하면서 이별을 고한 적이 없다. 싸우다가 합의로 헤어지거나 차인 적만 있을 뿐. 이유는 하나다. 남이 힘든 걸 보느니 차라리 내가 아픈 게 낫기 때문이다.

예민한 사람은 작은 것에 감동하고, 작은 것에 아파하며, 남들보다 몇 배의 고통을 느낀다. 그 아픔과 고통을 누구보다 잘 알기에 누군가에게 상처 주는 것을 어려워한다. 때로는 상처를 주었을 때 힘들어하고 아파할 상대방을 상상하면서 절대 안 되겠다며 고개를 내젓기도 한다. 또 혼자 지내는 것을 싫어해 남겨질 상대방의 마음을 먼저 헤아리고, 헤어지는 것 자체를 싫어해 끝을 말하지 못한다.

이런 지나친 공감력은 헤어짐에 늘 독이 되었다. 하지만 어느 순간, 헤어짐에도 때가 있다는 것을 깨달았다. 모든 것이 딱 들어맞아 만남이 이루어졌듯이 헤어짐에도 그럴 때가 있다는 것을. 그때 헤어지지 않으면 말하기는 더 어려워지고 결국 서로에게 상처가 더 깊어진다는 것을 안 후에는 이별을 제때 말하기로 결심했다.

물론 그런 결심을 했다고 해서 단번에 이별을 말하기는 쉽지 않다. 그래도 항상 생각한다. 때를 놓치면 누구에게도 좋지 않은 관계가 된다는 것을.

지금
괜찮아지는
중

열일곱 살, 가족에게 내 상처들을 고백하며 상담을 받고 싶다고 처음 털어놓았다. 그렇게 나는 대학병원의 정신과에서 상담받았다.

"엄마에 대한 애도가 필요해요."

의사 선생님의 말씀으로 나는 애도의 필요성을 처음 알게 되었다. 애도란 의미 있는 애정 대상을 상실한 후에 따라오는 마음의 평정을 회복하는 정신 과정이다.

엄마에 대한 애도 과정을 거치며 두 가지를 생각했다. 시간이 얼마가 걸리더라도 내가 보내주지 못할 것은 없다는 것, 그리고 애도가 없으면 결국 이별은 끝나지 않고 계속된다는 것을.

"언제쯤 괜찮아질까요?"

심리 상담을 하다 보면 많은 이들이 묻는다.

그때마다 나는 이렇게 대답한다.

"잘 느껴지지 않을지 몰라도 지금 괜찮아지고 있는 중이에요."

애도 과정은 내가 모르는 사이에 시작된다. 그러니 만약 자신이 누군가를 보내주고 있다면 어느 정도쯤 왔는지 생각해보면 좋겠다. 그렇게 치유를 가늠하며 끝을 향해 가는 거니까.

나의 예민함에 대하여

# 나는
# 나를
# 응원한다

누구도

아닌

시간

외로움은 누구에게나 찾아오는 공평한 것이지만, 특히 예민한 사람에게 외로움이란 숙명이다. 예민한 사람은 주변 사람들과 언젠가는 멀어져 보지 못할 것 같은 불안감에 시달리고, 속마음을 드러낼 때 타인의 반응에 몹시 예민해져 마음을 쉽게 드러내지 못하고, 그냥 흘려버려도 될 말을 오래 생각하고, 자신의 진짜 감정을 다 보여주지 않기 때문이다. 또 남 탓은 차마 하지 못한 채 자신을 몰아가며 강박적으로 되기도 하고, 한마디 충고조차 비웃음으로 느끼기도 한다.

이 모든 것으로 인해 더 긴 휴식 시간이 필요한 탓에 혼자 지내는 시간도 많다. 그래서 외로움을 느끼고 받아들여야 할 시간도 자연스레 많다.

늘 외로움을 온몸으로 느끼며 살다 보니 이제는 외로움이라는 바다에서 마음껏 헤엄친다. 여유가 생겼다는 뜻이다. 과거의 어떤 날에는 너무 외롭다며 글을 쓰기도 했지만, 지금은 '오늘은 유독 더 외로운 날이구나.' 생각하고 내가 하고 싶은 일을 하며 시간을 보낸다. 외로움에 빠져 있기에는 내 시간이 너무 아깝다는 생각이 들었기 때문이다. 외로움이라는 바다에서 헤엄치는 건 어렵지 않다. 내게 찾아온 외로움에게 인사하고 내가 원하는 시간을 보내면 그만이다.

시간에 끌려 다니는 것이 아닌, 내 시간의 주체가 나 자신임을 언제나 잊지 않으면 된다.

온전히
나만의
꽃으로

가장 어둡고, 더럽고, 척박한 곳에서도 꽃은 핀다.

이 문장이 힘이 되는 많은 밤이 있다. 어떤 말은 내가 계속 나일 수 있도록 지켜주니까. 나는 이 문장을 오래오래 곱씹고 마음에 새겼다. 그러면 미간의 주름이 펴지고, 보난 마음은 심장 모양이 된다.

누군가 나를 함부로 할 때도 어차피 피어날 꽃이라 믿기에 마음이 단단해진다. 내가 무엇을 피워낼 수 있는지 의심하지도 않는다. 누군가 물을 줄 때까지 기다리지 않고, 때가 되면 비가 내릴 것을 알기에 애타지 않는다. 그 '때'라는 것, 당길 수도 미룰 수도 없는 것, 바로 그것에만 감사한다. 그러면 진짜 꽃이 피지 않을 때도 마음이 꽃 같다고 말할 수 있으리라.

마음에 꽃이 피기 위해, 나 자체가 꽃이 되기 위해 오로지 무엇에 몰두해야 하는지 깨달을 때, 그렇게 마음은 꽃을 피운다.

나는

나를

응원한다

예전에는 새해가 될 때마다 심하게 우울해했고, 그 마음만큼이나 절박하게 무언가 변하기를 원했다. 돌아보면 변하기를 바란 것은 나 자신이었다. 더 잘 살고 싶은 마음, 잘 살아야 한다는 압박감에 드라마틱한 변화를 기대하곤 했다. 하지만 무엇이든 한 걸음씩 천천히 바뀌듯 자신을 괴롭힐 이유가 없었다. 잘 살고 싶은 마음으로 조금씩 변화를 위해 노력하고 있으니.

작은 노력이 모여 큰 변화를 만든다는 것을 이제는 안다. 그래서 지금은 새해가 되어도 우울해하지 않는다. 내가 해야 하는 것과 하고 싶은 것을 구분 지어 우선순위를 매기고, 온전히 나 자신을 위해 움직이며, 그런 하루하루가 모여 내게 드라마 같은 순간이 찾아온다는 것을 알아서다.

알고 있다는 것은 실망하지 않을 기회를 부여받는 것과 같다. 그러니 시작과 동시에 자신에게 실망하는 일은 하지 말아야 한다. 할 수 있는 일을 하고, 하고 싶은 일을 위해 해야만 하는 일까지 성실하게 하면 된다. 자신에게 선택의 폭이 넓어질 수 있도록 마음의 여유를 마련해주고, 끊임없이 응원해주는 것으로 충분하다.

제

인생은

제

거랍니다

내 인생은 태어나서 죽을 때까지 내 것이지만, 가끔 그 사실을 잊을 때가 있다. 뿌리가 부실해 보이면 누군가가 내 이성과 판단의 영역에 들어와 나를 흔들어 놓거나 내가 가진 주관을 객관적인 세상의 시선에 빗대어 깎아내리는 일이 생기기 때문이다. 그때마다 영화 〈에놀라 홈즈〉 속의 이 말을 떠올린다.

"제 인생은 제 거랍니다."

내 인생은 내 거라는 사실을 다시 한번 마음에 새긴다. 누구도 마음대로 쥐거나 흔들 수 없고 그렇게 두지도 말아야 하니까. 다시 주인 자리를 되찾기까지 오랜 시간이 걸리니까. 그래서 애초에 빼앗기지 않으면 가장 좋다.

나라는 사람이 주체가 되어 삶의 모든 것을 결정하고, 후회하더라도 느낀 것을 통해 성장하며 나아가는 것은 나 자신만 할 수 있는 일이다. 그것은 남에게 기댈 수 없다는 걸 잊지 말아야 한다. 뿌리부터 튼튼하게 가꿔 보란 듯이 내게 어울리는 열매까지 키워내면 누구도 쉽게 나를 망칠 수 없다는 것을.

내 인생은 그 누구도 아닌 내 것이므로.

# 그 말이
# 너무
# 고마운
# 날

"힘내."

이 말은 도움이 되지 않고 오히려 놀리는 것 같거나 힘이 빠지게 하곤 한다. 내게도 그 말이 아무런 도움도 되지 않고 듣기 싫을 때가 있었다. 하지만 이제는 그 말이 조금의 응원이 되었다. 모든 말은 받아들이기 나름이라는 걸 실감하며 꼬아서 생각하지도 않고 곧이곧대로 듣지도 않았더니 그 말이 의외의 위로가 된 것이다.

내가 힘냈으면 하는 마음, 기운을 차려 다시 나답게 앞으로 나갔으면 하는 그 마음에 고마움을 간직하며, 내일은 오늘보다 더 힘내자고 다짐하며 잠자리에 들 수 있다. 그러니 그런 응원이 성의가 없거나 효과가 별로인 것은 아니다. 받아들이는 생각과 마음가짐이 중요할 뿐, 힘내라는 말 자체가 나쁜 것도 아니다.

오랫동안 힘들었어도 우리는 그 시간을 걸쳐 결국 자신에게 맞는 답을 찾는다. 짧은 고통이든 긴 아픔이든 지금을 살고 있다는 것 자체로 할 수 있는 한 노력하고 있다는 뜻이다. 그러니까 노력해서 찾은 그 답을 나무라거나 꾸짖지 말자. 지금도 괜찮다고 말해주자. 원하는 방향으로 나아갈 수 있다고, 잘 이겨내고 있다고 위로를 건네자.

그 말 안에 그 모두를 넣어 자신을 다독이자. 그런 위로와 다독임은 오늘의 내게 줄 수 있는 최고의 선물이니까.

"힘내!"

그러니까
무너지지
마

모두가 곳곳에 있는 행복을 발견하면 좋겠다. 그리고 그것이 자신에게 과분하다고 생각하지 않았으면 좋겠다. 가질 수 없는, 가지지 못할 행복은 없으니까. 누구에게나 공평하게 찾아오고 발견할 수 있는 게 행복이라는 사실을 깨닫는다면 좋겠다. 자신이 절대 행복해질 수 없다고 믿는 사람도.

내게도 그럴 때가 있었다. 행복보다는 불행이 나와 더 어울린다고 믿었다. 어느 날, 정말 그게 사실이 아니라 내가 믿는 대로 흘러간다는 사실을 깨닫고는 마음을 다르게 먹어야겠다고 생각했다. 그렇게 나에 대한 믿음을 곁에 두자 더 자주 발견하고 누릴 수 있는 것이 바로 행복이었다.

늘 행복이 곳곳에 널려 있다고, 나를 위해 기다리고 있다고 생각하기는 힘들다. 그러나 그 믿음은 무너지지 말아야만 한다. 그 믿음이 행복을 자주 발견하도록 도와주고, 마음껏 누릴 수 있도록 만들어 줄 테니까.

힘들어도 무너지지는 말자. 자신을 믿고, 행복을 믿자.

잘되지
않으면
어때

살면서 내 단점이 유별나 보이는 시기가 온다. 이를테면 어떤 사건을 끊임없이 생각하는 때. 앞으로 갔다 뒤로 갔다 하다가 엉뚱한 것까지 생각하는 때. 그런 나를 미워할 수도 무작정 애틋하게 바라볼 수도 없는 때. 그럴 때일수록 그런 나 자신에게 가장 좋은 것만 해주고 싶다. 그러면 아주 잠깐이라도 지나친 생각에서 벗어날 수 있으니까. 지나친 생각은 글을 만들어 주지만 몸에는 해로우니까.

그러나 어떤 것에서 벗어나는 데 오래 걸리는 것 또한 나라는 사람이다. 존중과 방어를 동시에 해야 한다는 것을 안다. 그렇지 않으면 결국 나 자체가 생각에 파묻혀버리니까. 그러니 잘되지 않더라도 다스려야 한다. 다스리자, 그렇게 말해야 한다. 결정적인 순간이 오면 온전히 내 마음이 가는 대로 선택할 수 있도록.

나는
예민한
나를
사랑한다

"나 정상인 척하고 살아."

친구들과의 술자리였나, 아니면 카페에서였나 뚜렷하게 기억나지 않는다. 다만 내가 이렇게 말한 것은 분명하다. 그리고 이 책을 쓰면서 알았다. 내가 예민함을 숨기며 살아갈 때가 있으며, 이런 말로 표현했다는 것을.

나는 남들과 다르다. 살아온 환경, 겪은 일, 가족 구성원, 성격, 성향, 취향 등 모두가 남들과는 다르다. 다름이 나쁜 것이 아닌 줄 알면서도 나는 다른 사람들과 비슷한 척하고 싶었나 보다. 보통 사람처럼 보이고 싶었나 보다. 넓은 시야와 마음을 품고 살고 싶다고 했지만, 사실 내 안에는 남들과 비슷하게 살아야 한다는 강박감이 있었다.

예민함은 병이 아니기에 병명이 없다. 그런데 나는 가끔 내가 남들과 다른 것을 흠이라고 생각하며 꼬리표를 붙이곤 했다. 어쩌면 누군가가 나를 함부로 평가하는 것보다 이것이 내게 더 큰 상처가 된다는 것을 잊은 채. 그러니 오늘도 내일도 남들과 달라도 괜찮다고, 어차피 모두가 저마다 다른 모습으로 살아간다고, 나는 예민하기에 누구도 가질 수 없는 수많은 장점이 있다고 자주 자신에게 말해줘야 할지 모른다.

그렇게 나는 나 자신에게 주문을 걸어야 하고, 열심히 주문하는 중이다.

나는 예민한 나를 사랑한다고.

나의 예민함에 대하여

지금

더

단단해지는 중

예민한

사람의

자기

방어

예민한 사람은 모든 사람에게 자신의 진짜 감정을 다 보여주지 않는 성향을 가졌다. 처음부터 신중하게 테스트를 거쳐 통과한 사람에게 마음을 열고 또 그전까지는 조심스럽게 관망하는 태도를 보이기도 한다. 그래서 예민한 사람은 가볍거나 진지하지 않은 사람을 몹시 싫어한다.

하지만 그렇게 가까워졌어도 그들과의 관계에서 일어나는 '예측 불가능' 한 것에 대한 스트레스가 크다. 그래서 내가 어떤 말이나 행동을 했을 때 보여질 경우의 수가 많으면 차라리 가만히 있는 쪽을 택하기도 한다. 그런 상황에 대처할 만큼 에너지가 많지 않기 때문이기도 하다. 그래서 나도 늘 에너지 분배를 생각한다. 예민한 사람은 '상대가 나를 이해하지 못하면 어쩌지?' 라는 무의식적인 불안감을 늘 갖고 살아가기 때문이다.

또한 생각이 많기 때문에 다른 사람의 사소한 말이나 행동, 표정을 두고두고 떠올리며 밤잠을 설치는 일도 잦다. 그 때문에 무의식적으로 자기방어를 하게 되는 것이다. 그들에게 피곤한 일이란 상대가 나를 이해하지 못해 설득하거나 조성된 갈등을 풀어야 하는 상황에 놓이는 것이니까. 그 모든 경우의 수를 피하고자 회피를 선택하는 것이다.

예전에는 가깝고 소중한 사람에게는 서운한 것에 대해 말해야 한다고 생각했다. 가까운 사이라면 서로의 관계를 위해 더 큰 노력을 할 게 분명하다고 생각했으니까. 하지만 예민한 사람이든 아니든 모두의 에너지에는 총량이 존재한다. 그 관계에 쓸 수 있는 에너지가 다른 무언가로 인해 이미 깎여나갔다면 더더욱 고려해야 한다. 이제는 화가 나거나 서운한 것에 대해 아무것도 말하지 않고 그냥 넘어가게 되었다는 내담자에게 나도 이렇게 말했다.

"우리에게 남은 에너지가 별로 없나봐요."

물론 에너지는 다시 충전될지도 모른다. 사람에게 에너지를 빼앗길 때가 있다면 에너지를 충만하게 받아서 충전될 때도 있는 거니까.

하지만 이렇게 예민한 사람은 '미워하지도 수용하지도 않은 상태'로 지내는 것 자체에 쓰는 에너지가 크기 때문에 충전보다는 고갈이라는 단어가 어울리기도 한다. 그래서 일부러 가까운 사람들과도 가끔은 일부러 평행선을 긋고 마음의 결이 다르다고 단정짓는지도 모른다.

자신을
용서
하세요

예민한 사람은 화가 나거나 상처받았을 때 자신을 싫어하다가 행복한 날에는 그 정도로 자신을 싫어하지는 않는 등 기분에 따라 자기 자신을 다르게 판단한다. 또 살면서 겪는 작고 큰 실패들을 '인간으로서' 실패했다고, 개인의 결함으로 받아들이기도 한다. 나중에는 내가 나를 왜 이렇게까지 몰아붙이고 나쁘게 생각했나 싶어 슬픔과 죄책감을 동시에 느낀다.

예민한 사람이 자신을 부정적으로 비판하는 것은 어쩌면 어린 시절부터 틀렸다는 말을 듣거나 이해받지 못한 경험이 많이 쌓였기 때문일 수도 있다. 그렇다고 자신조차 스스로를 이해하는 일을 멈추면 안 된다. 틀렸다고 생각해서도 안 된다. 살면서 겪을 다양한 실패와 비판 앞에 쉽게 흔들리지 않을 만큼 자신을 보호하는 습관을 들여야 한다. 그 보호는 어떤 사건이나 감정으로 자기 자신을 판단하는 것을 바꾸는 것이고, 그 시작에서 꼭 해줘야 할 것은 바로 용서다.

용서는 자기 자신과 화해해야 한다는 것이다. 용서는 다시 볼 사람에게만 하는 거라는 말이 있다. 그러니 용서하고 싫지 않은 타인은 굳이 용서하지 않아도 된다. 하지만 나 자신과 평생을 함께 가는 친구인 나는 그때그때 꼭 용서하고 넘어가야 한다. 스스로를 용서하지 못한 경험과 시간이 쌓일수록 삶에 부정적인 영향을 주기 때문이다.

자신을 용서하려면 먼저 모든 것을 왜곡 없이 바라봐야 한다. 날카롭고 비판적으로 평가하던 자신을 향한 시선을 거두고 유연한 사고를 하는 것이다. 감정을 초래한 근본적인 원인을 다시 생각해보는 것도 좋다. 차분히 살펴보면 이분법적으로 사고했다는 것과 감정에서 파생된 생각들을 무조건 사실로 여겼다는 것을 깨닫게 된다.

살면서 때때로 화가 나는 일이 생기고, 상처받으며, 실패를 경험할 수밖에 없다. 그때마다 자신만의 비관적인 생각에 갇혀 허상을 믿지 말고 스스로를 꼭 진심으로 이해해주자. 자신과 화해하며 내면의 균형을 맞추자.

이제는

더 이상 내게

화내지

않는다

예전에는 내 기분을 맞추기가 어려워 나 자신에게 화가 난 적이 많았다. 고통의 임계점이 낮기 때문에 모든 일을 가볍게 받아들이지 못하고, 만성적인 불안과 걱정을 가지고 있으며, 작은 문제만 있어도 내 환경 자체를 불안정하게 느끼고, 결국 충동적인 행동들로 나 자신을 당황시키곤 했으니까. 그래서 나도 모르게 나 자신을 '문제가 많은 사람'으로 생각하고 남들이 하는 것을 나는 할 수 없다고 생각하며 살아왔다.

하지만 '대부분의 사람'이 되기를 포기하자, 예민한 나 자신을 조금씩 수용할 수 있게 되었다. 우리는 상실한 것들을 제대로 직시하면서 새롭게 받아들일 수 있는 것을 깨닫기 마련이니까. 우리의 감정은 한 겹이 아니다. 분노 안에 사실 가장 연약한 감정이 들어 있는 것처럼 여러 겹으로 둘러싸여 우리를 보호해주고 있다. 문제는 그 보호의 화살표가 나를 향해 제대로 되어 있는지 틈틈이 확인해보는 작업이 너무도 중요하다는 사실이다.

나는 나 자신과 절대 피상적인 관계로 지내면 안 된다. 상실감은 늘 자신을 다시 돌볼 기회가 되고, 내 감정과 에너지의 주체성이 나 자신이 되게 해준다는 사실도 믿어야 한다. 그렇게 내가 누구인지를 되찾았을 때 비로소 예민함을 통제하는 것도 가능하게 된다. 우리는 장점과 한계를 동시에 가진 존재다. 그런 자신을 마음 깊이 이해하고 건강한 연민을 느낄 때, 다음 챕터로 갈 수 있는 지름길이 보인다는 것을 잊지 말자.

남들이
가지지
못한
섬세함

이 책을 집필하는 과정에서 많은 독자와 인터뷰를 진행했다. 그들은 자신의 예민함을 이렇게 소개했다.

"남들은 그냥 넘길 만한 일들이 저는 하나하나 눈에 밟힙니다."

"감정 기복이 심해요."

"눈치를 많이 봐요."

"예민한데 감추려는 것도 힘들어서 최대한 혼자 생활하려고 해요."

"남들의 시선을 과도하게 의식해요."

"작은 소음, 반복되는 소리, 바뀌는 향 등에 민감해요."

"그들에겐 스쳐지나가듯 한 말이 저에겐 약속이 되고 다짐이 돼요."

나 또한 공감할 수밖에 없는 불편함들이었다. 그렇지만 그들은 이렇게 말하기도 했다.

"예민한 게 싫지만 뭐 어쩌겠어요. 저처럼 예민하고 섬세한 성격을 가진 사람과 행복하게 살래요. 예민한 성격 덕분에 학업 성취도가 높고 저와 결이 맞지 않는 타인을 잘 알아봐요. 살면서 이 예민함이 나쁘지만은 않다는 생각이 들어요."

"어느 날 문득 '나의 예민함이 섬세함이 될 수도 있겠다.' 생각이 들더라고요. 다른 사람이 듣지 못하는 소리를 듣고, 다른 사람들이 신경쓰지 않는 냄새를 맡고, 다른 사람들이 찾지 못하는 먼지를 찾아내고, 다른 사람들은 보지 못하는 다른 점을 발견하고, 다른 사람들은 느끼지 못하는 감정선의 변화를 눈치채고. 이런 것이 어쩌면 나의 자산이 될 수도 있겠다 싶었어요. 나의 예민함으로 특정 일을 잘할 수 있지 않을까? 예민함을 필요로 하는 일이 있을지도 모른다고 생각했어요. 타인의 감정을 바로바로 느끼니까 더 잘 공감해주고 위로해줄 수 있고, 눈치 빠르게 행동할 수 있지 않나. 나는 좀더 세상을 자세히 보고 더 신중하고 잘 느끼는 사람일 뿐이다. 제가 제 예민함을 긍정의 눈으로 바라보고 보듬어주니 제가 괜찮은 사람이라는 게 그제야 보이더라고요."

"예민하기 때문에 가장 좋은 점은 적어도 어디 가서 민폐를 끼치지는 않는 점이라고 생각해요. 그래서 제게 예민함은 자기만족인 것 같아요. 저는 예민해서 불편한 게 없고 오히려 예민하지 않았을 때 벌어지는 상황들이 스트레스로 다가오거든요. 그래서 저는 그 안에서 편안함을 찾게 되는 것 같아요."

모든 것에는 장단점이 존재한다. 하나의 기질인 예민함조차 마찬가지다. 누군가는 나를 피곤한 사람으로 생각할 수 있지만, 또 누군가는 내가 가진 특유의 섬세함에 감동받는다. 그러니 예민하다면 자부심을 가졌으면 좋겠다. 내가, 당신이, 우리가 가진 기질은 특별하다.

예민함이
문을
두드릴 때

예민하게 태어나지 않아도 모든 사람에게는 예민해지는 때가 찾아온다. 들어가고 싶은 회사의 면접날이 다가올 때, 나는 불합격했는데 친구는 그 회사에 붙었다고 할 때, 중요한 시험을 앞두었을 때, 연인이 계속 같은 이유로 서운하게 할 때 등등. 그런 예민함의 근원은 불안이다. 정신분석학자 프로이트는 인간의 가장 기본적인 감정은 불안이라고 말하기도 했다. 그리고 우리는 그런 불안을 다스릴 줄 알아야 한다.

불안을 다스리려면 먼저 내가 '왜 불안해하는가?'를 알아야 한다. 불안을 기반으로 한 다양한 감정을 망망대해에 떠도는 것처럼 온전히 느끼는 것이 아니라, 정확한 이유를 파고들어 확인해야 한다는 것이다. 그것을 짚고 넘어가지 않으면 이유도 모른 채 자신을 불안하게 하는 다양한 감정에 휘둘리고, 반대로 정확한 이유를 인지한다면 불안을 다스릴 방법을 찾을 수 있다.

들어가고 싶은 회사에 들어가지 못하게 될까봐, 열심히 했는데 결과가 다르니 그동안의 노력이 평가절하 당하는 기분이 들어, 중요한 시험에 합격하지 못할까봐, 연인과 같은 이유로 다투다가 헤어지게 될까봐 등등 불안이라는 감정으로 위협받는 데는 다 숨은 이유가 있다. 그 이유를 찾아 내면의 충동을 분석하고 불안할 수밖에 없는 자신을 먼저 이해해줘야 한다.

그런 과정에서 '왜 이런 걸로 불안해 해?' 라거나 '불안해하지 말자.' 라고 자신에게 죄책감을 느끼게 하거나 감정을 부정하는 자세는 불안에 도움이 되지 않고 스트레스만 가중될 뿐이다. 자신에 대한 이해가 끝났다면, 보던 페이지를 다 읽었을 때 다음 페이지로 넘기는 것처럼 다음으로 넘어가야 한다.

다음으로는, 불안이 현실이 되었을 때와 그렇지 않을 때를 둘 다 생각해보자. 보통 만약을 생각하지 말라고 하는데, 우리는 어차피 자신도 모르게 최악까지 상상하기 마련이다. 그러니 중요한 것은 그때 내게 남는 것, 스스로에게 해줄 수 있는 말, 그 다음에 내가 할 수 있는 행동들을 정리해보는 것이다. 이때 주의할 한 가지는 불안이 현실이 되었을 때를 가정하는 것에 빠져들지 않는 것이다. 생각이 한쪽으로 치우쳐 부정적인 감정에 지배되지 않도록 하자는 말이다.

예민함은 불안을 낳고, 그 불안은 다양한 부정적인 감정들을 만들어내어 우리에게 심적 고통을 준다. 그러나 그 감정들에는 하나하나 다 이유가 있다. 이유를 살펴보지 않은 채 부정적인 감정만 느끼다가 정서적 과부하가 오고 그로 인한 파괴적인 결과를 맞이하기 전에, 마음이 동요하는 진짜 이유를 찾고 그 이유와 감정이 무엇이든 포용하는 자세를 갖기를 바란다. 타인에게 이해받고 위로받고 싶을 수 있지만, 자기 자신을 이해하고 자기 자신을 위로해주는 것이 무엇보다 가장 중요하다는 사실을 잊지 않았으면 좋겠다.

우리에게
필요한
한
걸음

유년 시절의 내게는 엄마와 동생의 죽음, 그리고 정신적 · 육체적 폭력이 있었다. 그로 인해 우울증과 불안장애, 수면장애에 시달렸고, 학교생활도 몇 번 그만두었으며, 몇 번 생을 등지려는 시도도 했다. 가족에게서 가장 많이 들은 말은 "정신 차려."였고, 내 주변에 나와 같은 사람은 없었다. 가끔 책이나 드라마, 영화에 비슷한 인생이 나왔을 뿐. 그래서 나는 자연스럽게 그런 것들에서 위로받았다.

어느 날, 무언가를 찾으러 들어간 아버지 방에서 《소중한 사람에게 우울증이 찾아왔습니다》라는 책을 보았다. 그때 깨달았다. 내가 아버지의 진심을 알게 되는 것은 주로 이런 순간이었음을. 그리고 그럴 때 생을 더 단단히 붙잡고 싶은 욕심이 생긴다는 것을. 그렇게 나를 사라지게 하는 이유는 복합적이었지만, 나를 살게 하는 이유는 생각보다 단순하다. 내가 소중하다고 생각한 사람이 나를 소중하게 여기고 있다는 사실을 새삼 깨달을 때처럼.

얼마 전까지만 해도 내가 가장 사랑하고 아끼는 가족에게 내 아픔을 존중받거나 보호받지 못했다는 사실이 억울하곤 했다. 하지만 그들도 처음 겪는 일이라 내게 상처 주는 방식이 최선이었을 수도 있음을 인정하고 나니 다음으로 나아갈 수 있게 되었다. 자식이 잘되지 않기를 바라는 부모는 없다. 그들의 살아온 세월에 따라 대처하는 방법이 달라질 뿐.

이 책을 읽고 있는 당신도 가족에게 상처받은 경험이 있을 것이다. 하지만 분명 생각하지도 못한 순간에 사랑을 느낀 적도 있을 것이다. 그럴 때 '내가 받은 상처에 비하면 이 사랑은 너무 적어.' 라고 생각하지 말자. 사소하고 작은 사랑에 감사함을 느껴보자. 그러면 자연스럽게 내가 원하는 방식으로 사랑을 주지 않던 가족을 용서하는 데 한 걸음 나아갈 수 있을 테니.

지금

더

단단해지는

중

매일매일 나에 대한 애틋함과 다정함을 쌓아 올린다. 누군가에게 친절했던 그 미소로, 싫다고 해도 사랑했던 그 마음으로. 누구도 나를 다시 사랑하지 않는다고 해도 괜찮을 정도로 단단한 사람이 되고 싶어서 그렇다. 아니라고 믿고 싶은 일이 일어나도 흔들리다가 금방 제자리를 찾고 싶어서 그렇다.

매일 밤 나를 위로하다 보면 눈물이 날 때도 있고, 다 이렇게 산다고 위로하며 별일 아니라고 생각할 때도 있다. 유별나게 살아왔어도 유난을 떨 필요가 없다는 걸 알아서 나 자신을 다독이고 넘어간다. 나는 이것이 뚜렷하게 나를 위한 일이라는 걸 안다.

그리고 이런 날이 모여 언젠가는 괜찮다고 말할 기회를 만들어준다는 것도 알고 있다. 애틋함과 다정함을 차곡차곡 쌓아 올리다가 무너지더라도 언젠가는 나를 배신하지 않고 정말 괜찮아지게 해준다는 것을.

그에게

좋은 사람일

이유는

없다

살다 보면 나 자신이 어떤 사람인지 모르겠고, 알던 나 자신으로 지내는 것도 어려울 때가 찾아온다. 언제 어디서 자신을 잃어버렸는지 짚어보기조차 버거워 그냥 되는 대로 살게 되는 시기.

그렇게 온전한 자신이 되기가 어려울 때가 있다. 하지만 완전한 자신을 보여줘야 하고, 때로는 원래보다 더 좋은 사람의 모습을 보여줘야 한다. 강요하지 않는다는 침묵의 강요 속에서, 어느새 그렇게 되어 있는 자신을 발견한다. 또 나은 사람으로 살라는 강요가 없다고 해도 마음에는 늘 잘 살아야 하고, 좋은 사람으로 살아야 한다는 강박감이 자리한다. 그렇게 천천히 자신을 옥죄면서 숨 쉴 틈을 막아버린 적도 있다.

더 잘 사는 삶에 대한 갈망, 누군가보다 나은 인생을 살아야 한다는 압박, 좋은 사람이 되고 싶은 본능까지 다 좋다. 하지만 잃어버린 자신을 찾지 않은 채 타인에게 좋은 사람이 되고 싶은 것은 아무 의미가 없다. 의미 없는 일을 성실하게 계속하면 어느 날에는 공허함과 회의감이 찾아온다. 괜찮은 사람이 되고 싶다면 우선 자신에게 좋은 사람이

어야 한다. 적당히는 늘 어렵지만, 자신을 적당히 타이르고 적당히 아끼며 좋은 사람이 되어야 한다.

세상이 정해 놓은 기준이나 타인을 의식하는 좋은 사람이 아닌, 진정한 의미의 좋은 사람이 되고 싶은 마음을 놓지 말자.

이제
나는
묻지
않는다

대학교 때, 도서관에서 시험공부를 하던 중 잠시 쉬고 싶어서 책을 읽어야겠다고 마음먹었다. 그때 고른 책이 《엄마 없는 딸들》이었다. 제목을 보고 고르지 않을 수 없어서, 나를 소개하는 말처럼 느껴지는 그 필연 같은 책을 집었다. 당시 스무 살이었던 나는 엄마 없이 사는 여자들을 인터뷰한 내용에 적잖이 충격받았다. 너무 나와 같아서, 내가 앞으로 그런 모습일까 싶어서.

그렇다. 누구도 엄마 없이 사는 방법을 알려주지 않는다. 모두 부재를 마주보지 않고 자신의 살길을 찾는다. 내게도 은연중에 그렇게 살라고 가족은 말하는 것 같았다. 잊고 살라고, 그냥 지금을 잘 살라고. 하지만 어제를 되돌아보지 않고, 보내줄 사람을 보내주는 이유를 찾지 않고 오늘을 살 방법은 없다. 그렇게 사는 건 텅 빈 껍데기인 너라도 행복하라며 낯선 세상에 등 떠미는 것과 같다.

그리하여 한 번도 배워본 적 없는 엄마 없이 사는 방법을 배워보기 위해 나는 그 책을 펼쳤다. 우리 가족도 내가 이 책까지 읽은 걸 알면 노력이 가상하다고 말해줄까. 나는 누군가가 나를 동정하거나 그들에게서 지나친 연민을 느끼는 걸 싫어했다. 하지만 살면서 가족에게서 동정과 연민을 받지 못했기에 늘 그 부분에 결핍을 느꼈다. 나는 엄마가 없다는 이유로 가족에게 늘 걱정 이상의 것을 바랐다. 그런 모든 이유를 책이 설명해줄 수 있을까 기대했다.

마주본 현실은 생각보다 더 쓰고 두려웠지만, 그 책을 읽은 것을 후회하지 않는다.

오늘 본 드라마에 기억을 지우고 살아갈 선택권이 주어진 주인공이 나왔다. 나라면 지우지 않겠다는 결론을 곧바로 내렸다. 그 책을 읽은 스무 살 때만 해도 분명히 기억을 지우고 싶다고 했을 텐데. 나는 아무것도 모르는 삶, 내가 겪은 불행에 대한 기본 지식이 없는 것을 두려워했다. 그런 삶에 대한 자신이 없었으리라. 알면 괜찮을 것 같아서 끊임없이 고르고 찾은 것이다. 그래서 그나마 괜찮아지는 기분을 모아, 내가 평소에 느끼는 생활 감정으로 삼았다. 그런 내가 어떻게 기특하지 않고 애틋하지 않겠는가.

이것은 가족의 동정과 연민이 없어도 내가 그럭저럭 버티고 살 수 있는 이유까지 되어준다.

혼자 잘살고 있는 지금, 할머니에게 전화를 걸면, 내가 "여보세요?"라고 말하기도 전에 "밥 먹었냐?"라고 먼저 물으신다. '먹었냐'는 끝이 내려간 따뜻한 말투다. 그 물음을 듣고 나면 이유를 더 알게 된다. 내가 살아가는 이유, 살아야 할 이유, 태어난 이유까지도. 자기가 원해서 태어나는 사람은 없지만, 현재가 만족스러우면 그 또한 그렇게 생각할 수 있다. 나는 이제 사랑하는 사람으로부터 꽤 쉽게 이유를 얻는다.

엄마 없이 사는 방법을 배우기란 쉽지 않았다. 아니, 너무나 어려웠다. 그래도 아직 더 배워야 할 방법이 많고 찾아야 할 이유가 많다. 존재한다는 것은 그런 것이다. 원해서 얻은 생명이 아니더라도 태어난 이유를 증명해야 하고 가끔은 설명도 해야 한다. 물론 타인에게 인정받기 위해 발악하며 해야 하는 일이 아니라 자신에게 말이다.

나 자신은 알고 있어야 한다. 그래야만 한다.

차이콥스키

와

고흐

처럼

러시아 클래식 음악의 거장인 차이콥스키의 어린 시절 별명은 '유리로 만든 아이'였다고 한다. 쉽게 상처받고 자주 화를 내며 변덕이 심한 아이였던 그는 누군가 자신의 작품을 혹평하거나 관객의 반응이 차가우면 미칠 듯한 우울감에 빠졌다고 알려져 있다. 그렇게 예민한 성향을 가졌기에 멋진 음악을 만들어내지 않았을까 생각한다. 불안이 그의 영감의 원천이었던 것이다.

가장 유명한 미술가인 빈센트 반 고흐도 마찬가지였다. 어릴 때부터 예민한 성향을 가져 주변 사람과 원활한 관계를 유지하는 데 어려움을 겪고, 가족인 어머니조차 그를 이해하지 못했다고 한다. 그래서인지 사람들은 그를 예민한 감수성의 아웃사이더라고 부른다.

이외에도 다양한 분야에 예민한 성향을 가진 예술가들이 있다. 실제로 매우 예민한 사람일수록 창의력이나 공감능력이 뛰어나 예술 분야에서 활동하는 경우가 많다고 한다. 나 또한 글을 쓰는 데 예민한 성향이 많은 도움이 된다. 이를테면 아주 사소한 순간을 정확하게 기억하며, 상대방은 기억하지 못하는데 나만 그 상황을 구체적으로 묘사할 수 있을 정도로 기억하는 부분이다. 어떤 상황이 사진에 찍힌 듯이 선명하게 기억에 남고, 누가 어떤 표정과 말투로 말했는지까지 생각나는 부분들을 글 쓸 때 활용하는 것이다.

이전에 내게 상담받은 한 내담자는 자신의 예민한 성향과 현재 자신이 하는 일이 너무 맞지 않는 것 같다고 털어놓았다. 매번 직장을 옮겨 다녀, 30대인데도 2년 이상 경력을 쌓은 곳이 없다며, 이력서를 쓸 때마다 스스로가 작아진다는 고민이었다.

나는 그 내담자에게 예민한 자신의 성향에 맞춰 할 수 있는, 하고 싶은 일을 찾아보라고 조언했다. 다행히 그 내담자는 상담을 받는 동안 자신이 진정으로 하고 싶은 일이면서 성향에도 맞는 일을 찾아 도전해보겠다는 이야기를 보내왔고, 그 메일을 받고 얼마나 기뻤는지 모른다. 그리고 그 안에는 이런 말도 적혀 있었다.

"선한 영향력을 끼치는 사람이 되고 싶어요."

선한 영향력이라는 표현이 어쩌면 거창하게 느껴질지도 모른다. 하지만 자신이 가진 예민함을 무기 삼아 예술의 혼을 펼치는 것뿐만 아니라, 진정으로 자신에게 맞는 일을 찾아 사람들에게 그 재능을 펼쳐 도움을 주는 것도 선한 영향력이 발휘되는 거라고 할 수 있다. 그러니 예민함이 자신의 인생에 끼칠 수 있는 선한 영향력에 먼저 주의를 기울여보기를 바란다. 그렇게 예민함이 인생에 영감이 되어줄 때 비로소 삶은 가장 원하는 방향으로 뻗어나갈 수 있을 것이다.

행복한
고슴도치가
되자

독일 철학자 쇼펜하우어의 책에 나오는 이야기가 있다. 추운 겨울 밤 고슴도치 두 마리가 서로의 체온으로 추위를 견디기 위해 몸을 기댔는데 너무 가까이 대면 가시 때문에 상처를 입고 떨어지면 추워지는 것이다. 그래서 서로 상처를 주지 않고 따뜻하려면 적당한 거리를 찾는 시행착오를 겪어야 한다는 내용이다.

이 고슴도치의 우화에서 비롯되어, 가까이 하기도 멀리 하기도 어려운 상황을 '고슴도치의 딜레마'라고 부르기도 한다.

이 이야기 속의 두 고슴도치는 어떻게 되었을까? 결국 두 고슴도치 다 얼어 죽는다는 결말이다. 하지만 슬퍼할 이유는 없다. 이 우화는 단순히 고슴도치의 가시만 생각해서 만든 이야기일 뿐, 사실 고슴도치는 의도적으로 가시를 세우고 눕힐 수 있는 동물이라 서로에게 몸을 기댄다고 찔릴 일은 없다.

우리는 오래 전부터 예민한 사람을 고슴도치 같다고 말하곤 했다. 하지만 사람들이 생각하고 알고 있는 고슴도치와 실제 고슴도치는 다르다. 언제나 가시를 세우고 있어 닿기만 하면 찔릴 거라고 생각하지만, 고슴도치는 가시를 일부러 눕힐 수도 있다. 그것은 고슴도치의 경계 유무에 따라 달라지는데, 경계할 때는 가시를 바짝 세우거나 몸을 밤송이처럼 웅크려 스스로를 보호하고 반대로 경계를 풀면 쓰다듬을 수 있도록 가시를 다 눕혀준다.

나는 이런 고슴도치의 진짜 모습이 예민한 사람과 많이 닮아 있다고 생각했다. 뿐만 아니라 단독생활을 하는 동물로 혼자 논다는 것, 은신처가 있어야 스트레스를 받지 않고 편안히 쉴 수 있다는 것까지도 말이다.

그리고 사실 예민한 사람의 가시는 밖으로 향할 때보다 안으로 향할 때가 더 많다. 타인을 탓하기보다는 자책하는 성향이 강해 자기 자신을 찌를 때가 훨씬 많다는 뜻이다. 그래서 예민한 사람은 타인에게 경계를 풀 때처럼 자신에게도 가시를 눕혀 스스로를 안아주는 습관을 들여야 한다. 조금은 편하게, 힘을 빼고, 너그럽게 예민함을 안아줄 수 있도록 노력해야 한다는 뜻이다. 그렇게 자신의 예민함을 사랑할 때, 아무 때나 혹은 아무에게나 가시를 세우고 날카롭게 굴지 않을 수 있다.

자신의 예민함까지 진심으로 사랑하는, 행복한 고슴도치가 되자.

예민함이란 하나의 성격일 뿐

나는 예민한 나를 사랑한다.

인격적으로 점잖은 무게 '드레'

드레북스는 가치를 존중하고 책의 품격을 생각합니다